vmn

FAUST
UFF KLASSISCH HESSISCH

mit em Osderspaziergang

nach Johann Wolfgang von Goethe
übertragen von
Dieter Schneider

vmn
Verlag M. Naumann

Druck:
Danuvia Druckhaus Neuburg GmbH,
86633 Neuburg/Donau

1. Auflage 2000

Die Zeichnungen fertigte das Atelier Schwandt, Ahlen

Die Deutsche Bibliothek – CIP-Einheitsaufnahme
Faust uff klassisch hessisch
mit em Osderspaziergang
erzählt vom Dieter Schneider.
– Nidderau : Naumann, 2000

ISBN 3-933575-24-9

Jed Provinz liebt ihrn Dialekt;
denn er is doch eischentlich des Element,
in welchem die Seel ihrn Adem schöppt.

Johann Wolfgang von Goethe
zu seinem 251. Geburtstage
am 28. August 2000
12.00 Uhr

Vorwort

Nach dieser überstandenen Prüfung sollte abermals eine neue eintreten, welche mir weit unangenehmer auffiel, weil sie eine Sache betraf, die man nicht so leicht ablegt und umtauscht.

Ich war nämlich in dem oberdeutschen Dialekt geboren und erzogen, und obgleich mein Vater sich stets einer gewissen Reinheit der Sprache befliß und uns Kinder auf das, was man wirklich Mängel jenes Idioms nennen kann, von Jugend an aufmerksam gemacht und zu einem besseren Sprechen vorbereitet hatte, so blieben mir doch gar manche tiefer liegenden Eigenheiten, die ich, weil sie mir wegen ihrer Naivität wegen gefielen, mit Behagen hervorhob und mir dadurch von meinen neuen Mitbürgern jedesmal einen strengen Verweis zuzog. Der Oberdeutsche nämlich, und vielleicht vorzüglich derjenige, welcher dem Rhein und Main anwohnt (denn große Flüsse haben wie das Meeresufer immer etwas Belebendes), drückt sich viel in Gleichnissen und Anspielungen aus, und bei einer inneren menschenverständigenden Tüchtigkeit bedient er sich sprichwörtlicher Redensarten. In beiden Fällen ist er öfters derb, doch, wenn man auf den Zweck des Ausdrucks sieht, immer gehörig; nur mag freilich manchmal etwas mit unterlaufen, was gegen ein zarteres Ohr sich anstößig erweist.

Jede Provinz liebt ihren Dialekt; denn er ist doch eigentlich das Element, in welchem die Seele ihren Atem schöpft.

Johann Wolfgang von Goethe,
Aus meinem Leben, Dichtung und Wahrheit

FAUST
UFF KLASSISCH HESSISCH

©SCHWANDT

En Mann aus Frankford, viel gereisd
un aach studierd, mid sehr viel Geisd,
von alle Berjer hochgeachd,
hoggd iwwer Bischer Daach un Nachd
un grieweld – wie es scheind, vegewens –,
was eichendlich de Sinn des Lewens.

Den find er ums Veblatze net
un kimmd vor Griewele kaum ins Bedd.
Er is Brofesser, hat kaa Geld –
wie gern wär er en Mann von Weld!
Juristerei hat er studierd,
doch hat fer ihn sich's kaum rendierd.

Dezu dad es em net gelinge,
Studende ebbes beizubringe.
Er hat se Jahr fer Jahr geblaachd
mit Wisseschafd, die kaam behaachd,
un waaß am End schon selbsd net mehr,
was falsch un richdich an de Lehr.

Mer schätzd en sehr als Theolooche,
doch maand er, da werd aach gelooche,
un glaabd am End dann voller Zweifel
net mehr an Godd un an de Deifel.
Es werd em klar: Fillosofie,
die ännerd nix, drotz aller Mih!

Mit Blado, Sogrades un Kand
fihld er e bissi sich vewandt.
Die hadde werklich schlaue Kebb,
da häld er sich schon fasd fern Debb.
Er will die letzde Weisheid finne
un strebd denach mid alle Sinne.

Gedanke wälzd er hie un her
un freechd: Wo kimmd die Menschheid her?
Aach ans »Wohie?« denkd er debei,
ob alles mid dem Dod vorbei?
Weil er daruff kaa Andword find,
er sich uff anneres besinnd!

Da fälld em nämlich bletzlich ei':
Er kennd's browiern mid Zauberei!
Dann bloß dorch die, so denkd er sich,
da werder schlauer sicherlich!
Schon werd der aale Knacker froh
un hat kaa Angsd vorm Risigo.

Er hold die Zauwerbischer sich
un hoggd drei Daach un Nächd am Disch,
studierd in aam, des handgeschriwwe,
drin stehd grad im Kabiddel siwwe,
ganz haargenau die Brozedur,
wie mer em Geisd kimmd uff die Spur.

Er find aach in dem aale Buch
dafier de richdche Zauwerspruch
un spierd in sich e Glicksgefihl.
Er glaabd, er is jetz korz vorm Ziel.
Jetz will die Geisder er beschweern
un bloß mit dene noch vekehrn.

Die Nachd um drei browierd er'n aus,
voll Raach is gleich es ganze Haus.
Er siehd die Hand vor Aache net
un hibbd vor Angsd ersd mal ins Bedd.
Doch aus de Wolke tridd sodann
en gar net iwwele junge Mann.

Der ziehd sein Hud un sechd en Gruß –
nor links had er en Ferdefuß –,
un druff: »Zu Diensde, großer Meisder,
ich bin de Herr von alle Geisder.
Du hasd des Zauwerword gedroffe,
dir stehd e neues Lewe offe!

Gern mach ich alles nach deim Wille,
ich kann der jeden Wunsch erfille
nach Reichdum, Lewenslusd un Glick,
des kimmd zu dir gleich knibbeldick.
Wer Geld hat, der kimmd aach zu Ehrn.
Willsde dich dadegeeche wehrn?«

Dem Fausd drehd alles sich im Hern;
des Aagebod, des hörd er gern.
Nor kann er des noch gar net fasse,
uff was er sich da eigelasse.
Drotz allem, was vor ihm bassierd,
bedrachd den Kerl er unschenierd.

Guckd uff die Klaader, schwarz, aus Samd,
den klaane Deeche linker Hand,
un uff em Kobb e schwarz Baredd
mit Gickelsfeddern, sehr adredd.
Dann freechd de Fausd in aller Ruh,
»Wo kimmsden her, wie hääßden du?«

»Ei«, sechd der, »du bisd doch net bleed,
du waaßd genau, wer vor dir stehd.
Du hasd en Zauwerspruch zidierd,
der aus de Höll mich zu dir fihrd.
Bald lernsd du all mei Vorziech kenne.
Duh aafach mich Mefisdo nenne!«

Debei läßd der sei Aache blitze.
De Fausd kam langsam schon ins Schwitze.
Doch den lockd schon die Geisderweld
un vielmehr noch des Glick un Geld.
Vor Gier is er schon halb von Sinne
un denkd, hier kennd er nor gewinne.

Mefisdo als en Sadansbrade
vestehd sich uffs Gedankerade.
Er sechd zu em, so neweher,
daß er sei Lewe, des so schwer,
dorch ihn e bissi ännern kennd,
bevor mit Aweid er's verpennd.

»Was is des schon, en Fillosof?
Der hockd dehaam – des is doch doof!
De Mensch, der soll sich amisiern.
Muß mer dann dadezu studiern?
Viel mehr zu biede hat die Weld –
ganz sicher, daß des dir gefälld.

©SCHWANDT

Du ahnsd ja net, was ich dir zeich!
Komm, sei kaan Frosch, ich mach dich reich!
Im Aacheblick mach ich aus dir
en gerngesehne Kawalier,
uff den die Weiwer nur so flieje.
Wo kannsde Besseres noch kriehje?

E Drebbche Blud, en Fedderstrich,
schon bin zu deine Diensde ich.«
Dem Fausd, dem die Redd imbonierd,
sich jetz kaa bissi länger zierd.
Druff riefd er laud: »Un kosd's de Kobb,
ich bin debei – und darum: Tobb!

Mir is egal, was jetz noch kimmd,
de Deiwel hold die Weld bestimmd.
Gern laß e Drebbche Blud ich fließe,
ich will mein Lewe noch genieße.«
Un gleich werd er schon richdich kegg
un schmeißd die aale Bischer weg.

»Ich brauch Klamodde!« riefd er dann.
Schon stehd er da: en Edelmann!
Aus Samd un Seide Rock un Hos –
des baßd em werklich tadellos.
Aach Strimb un schwarze Schnalleschuh
geheern nadierlich noch dezu.

En Dreispitz uffem Kobb, en Deeche
hängd an de Seid, so recht verweeche.
Es häld en jetz nix mehr im Haus,
im Nu is er zur Dier enaus,
erausgebutzd will er flaniern
un gehd aach gleich am Maa spaziern.

Stolzierd wie'n Gickel un ganz forsch,
fiehld sich debei wie'n junge Borsch.
Er guggd vom Kobb bis zu de Baa
sich all die scheene Weiwer aa,
die gradweechs aus de Kerch rauskomme,
wo mern die Beichd hat abgenomme.

Debei is aa, blond, zard un jung;
ihrn Aablick bringd de Fausd in Schwung.
In Flamme stehd sei Herz im Nu,
er mächd fünf Schridd schnell uff se zu
un fräächd, ob se's erlaawe deed,
daß er e Sticksche mit ihr gehd.

Die Andword kimmd: »Du hasd en Rabbel!
Hau ab un laß dei dumm Gebabbel!«
Sie läßd de Fausd ganz aafach steh,
un gehd devo gleich standebee.
Mefisdo awwer lachd un sechd:
»Fern Aafang war des gar net schlechd.«

De Fausd, der is ganz schee verbrelld,
doch weil des Mädche ihm gefälld,
soll es Mefisdo jetz gelinge,
den Fausd ruckzuck zu ihr zu bringe.
»Ich will se, un jetz baß gud achd,
am späde Awend morje nachd!

©SCHWANDT

Wann net, is gleich de nächsde Daach
verrobbd un aus hier der Verdraach!«
De aarme Deiwel heerd's mit Schregge;
fer ihn is des kaa Zuggerschlegge.
Dann schaffd er des net uff de Stell,
muß er zurick ja in die Hell.

Sei Hern fängd wild aa zu rodiern:
Wie kann des Mädche mer verfihrn?
So schaffd er mit de Zauwerei
e Käsdche voller Schmuck ebei.
Als des des junge Ding endeggd,
da hat es sich zu Dod erschreggd.

Des mächd se werklich ganz verleeche,
hat Angsd, die Mudder uffzureeche,
un bringd des Zeuch zur Nachberin;
sie waaß, die hat mehr Lewenssinn.
Bei der, da kann den Schmuck se draache
un brauchd de Mudder nix zu saache.

Mefisdo awwer kennd die Fraa
un waaß, daß bloß mit der allaa
sein ausgefuchsde Blan gelingd,
wie er de Fausd zum Greedche bringd.
Grad wie des Mädche is bei ihr,
da klobbd Mefisdo an die Dier.

Er mächd er gleich e Komblimend,
behaubd, er hätt ihrn Mann gekennd,
der weid in Afriga da drunne
hädd leider Godds de Dod gefunne.
De Schwerdlein hädd ihm uffgedraache,
doch seiner Fraa Bescheid zu saache.

Un des, des fiel em werklich schwer,
weil sie ja jetz e Widdfraa wär.
Noch während se e bissi flennd,
freecht se'n, ob net e Dokumend,
hald sozusaache als Beweis,
hädd mitgebrachd er von der Reis.

Mefisdo awwer dreesd se schnell,
bei sich, da hädder en Gesell,
der aach de Dod bezeuche kennd,
geschriwwe uff echd Perchament.
Des wollde se am Awend richde,
doch schee wär's, wann dezu die Nichde

heut awend in de Garde käm;
des fände se sehr aagenehm.
So hat dorch Lisd un Zauwerkrafd
Mefisdo es am End geschaffd,
daß Fausd mi'm Greedche war allaa,
dieweil er bei der Nachbersfraa.

Ihr Mudder hat gar nix gemerkd
nach eme Schlafdrunk, der gewerkd,
den wo Mefisdo zubereid.
Die zwaa, die hadde ganz viel Zeid.
Es Greedche war vor Lieb verrickd, vom
Fausd war se dodal enzickd.

Sie war ganz von em hiegerisse;
was wolldse alles von em wisse!
Nor wie se nach seim Glauwe fraachd,
hat er die Andword net behaachd.
Die haddse awwer schnell vegesse,
so war se uff den Mann vesesse.

Doch aans, des konnd se net vestehe:
Wie konnd der mit dem Schwazze gehe?
Un bischberd leis ihrm Fausd ins Ohr:
»Der kimmd mer wie de Sadan vor!«
Der sechd: »Ei, hab mich aafach gern
un laß dorch den dich net be·errn.

Mach dir um den net so viel Sorje.
Ich muß jetz ford, es werd schon Morje.
Dei Mudder werd bestimmd bald wach,
drum geh ich liewer, sonsd gibd's Krach.
Bald komm ich widder zu der her,
mach mer de Abschied net so schwer.«

Es Greedche awwer, so verliebd,
werd dorch die Warderei bedriebd.
Un Sorje dun se jetz bedricke;
de Fausd, der läßd sich net mehr blicke.
Ihr Herz, des isser zendnerschwer,
sie mergd, sie is kaa Jungfraa mehr.

Kaum draud se sich noch aussem Haus,
in ihr siehd's zabbedusder aus.
Geschnuddeld werd von frih bis späd,
wann se bloß an de Brunne gehd.
Un der, der ihr des eingebroggd,
den hat Mefisdo fordgeloggd.

De Fausd mergd gar net, was bassierd,
weil er bloß dorch die Weld kutschierd.
De Schwazze waaß en abzulengke,
des Greedche dud zu Dod sich krängke.
Allaans is se mit ihrer Nod
un seufzd: »Am liebsde wär ich dod.«

Da kimmd zurick vom Millideer
ihrn Bruder, un der liebd se sehr.
Dem Valdin hat se gleich erzähld,
was fer en Kummer se so quäld.
Der schweerd: »Den Dokder mach ich kald!
Ich duh dich räche, un des bald!«

Er driffd korz druff, grad vor de Schern,
de Dokder Fausd, den feine Herrn.
Der heerd bloß noch: »Dich mach ich hie!«
un gehd vor Angsd gleich in die Knie.
Mefisdo siehd sein Chef bedrohd
un stichd den arme Valdin dod.

Druff machde se sich aus de Labbe,
die Bollezei dad se net schnabbe.
Vom Dod des Bruders ganz benomme,
is Greedche zu frih nidderkomme
un hat, sie war schon halbverrickd,
des Bobbelche hald dodgedrickd.

©SCHWANDT

Desweeche word se aageklaachd,
mer hat aach gar net lang gefraachd.
Uff Kindsmord, ganz egal, wie's war,
da stand de Dod ganz sonneklar.
Es warn ihr Sinn dodal denewe,
es laach er gar nix mehr am Lewe.

De Fausd erfehrd des ebbes späder
un brilld: »Mefisdo, Lumb, Verräder!
Du goddvefluchder Sadansbrade
bisd schuld an alle Iwweldade!«
Doch der sechd ungerierd: »Des Fliddche
hol ich wie nix der aussem Kiddche.«

Un schaffd den Fausd dorch Zauwerei
samd Schlissel in ihr Zell enei.
Doch 's Greedche riefd: »Dord is die Dier,
oh Heinerich, mir graud's vor dir!«
Un der begreifd des aane schnell:

UFF IHN, DA WART AM END DIE HÖLL!

De Osderspaziergang

©SCHWANDT

Jetzt hock ich fasd genau drei Woche
hier in meim dunkle kalde Loch,
es Podagra sitzt in de Knoche;
en Hund hat's zehmal besser doch.

Was nitzt de Tiddel mer: »Brofesser« –
un was ersd mei zwaa Dokterhiet?!
Ich denk, es geht all dene besser,
die um e Handwerk sich gemiht.

Ich kenn die aale Fillosofe,
die neue selbsverständlich aach,
doch hab kaa Holz ich fer mein Ofe,
un wo kaa Feuer, is kaan Raach.

Von dem Salär kann ich net lewe,
doch bin ich net ganz abgebrennt.
Vor zwaa, drei Jahr hat sich's ergewe,
da nahm ich zu mer en Student.

Sein Vadder, der dat mich besterme,
sein Bub mißd unbedingd studiern,
der solld wie er kaan Metzjer lerne
un wolld mich exdra honneriern.

So laß ich en hald bei mer wohne,
den Waachner, als meim Fammelus.
Ob sich sei Mihje jemals lohne,
des siehd mer werklich ersd am Schluß.

Doch bleib ich jetz net länger hocke,
die Sonn kimmt bald dorchs Owerlicht,
un ewe heer ich aach schon Glocke …
wen indressierd die ald Geschichd?

Bedrachd ich Osdern theoloochisch,
dann hat fier mich des gar kaan Sinn,
es baßt die Zeit, rein chronoloochisch,
doch gar net in den Rahme ninn.

Mich freut’s, wann viele Mensche glaawe,
dann dadorch finne se en Hald,
des freut aach Gott gewiß un Jahwe,
nur mich läßd des so zimmlich kald.

Ich glaab, es hat am End vom Gang
die Dier von Waachners Stubb geklabbd,
er klobbd bei mir, als wär’s em bang,
un kimmd gleich druff ereigedabbt.

Als ich em awwer dann erklär,
ich wolld mal widder aus em Haus,
des zu vestehe fiel em schwer,
Doch naach ’rer ganze korze Paus,

da haaß ich en mein Klaader hole,
die beßre, die am Haache hänge,
die Lackschuh aach, mit dinne Sohle,
un dann den Balledo, den enge.

©SCHWANDT

Zum Schluß des blau Baredd mit Fedder
un aach de Stock mit silwern Krick,
die Handschuh noch aus Gaaßeledder –
un draus sin mer im Aacheblick.

Es wehd e Lifdche wie von Seide,
un ich genieß de frihje Daach,
wie von allaans sich Lunge weide,
un des grad uff de Osderdaach.

Es strahld en herrlich blaue Himmel,
die Mensche streeme aadachtsvoll
un unner ständlichem Gebimmel
zur Mess im Dom, der rabbelvoll.

De Maa werd hinner uns gelasse,
mir mache naus zum Affedor,
da sinn jetz noch kaa Menschemasse;
zumindest kimmd mer des so vor.

Dann aus de Stadt will ich heut fliehe,
ich sehn mich werklich nach Nadur.
Den Waachner muß ich mit mer ziehe.
Schon bald sin mer uff freier Flur.

Des Eis vom Maa is längsd vergange,
devo die Bäch warn schon befreid.
Uffs Friehjahr ward mer voll Verlange,
un dafier werd's ja langsam Zeid.

E bissi Winder is gebliwwe,
doch der hat net mehr groß Gewald.
Sein letzde Schnee is bald vedriwwe,
die Nächd im Taunus sin noch kald.

Die Grogus un die Märzebecher,
die stegge kegg die Kebbscher raus,
un Maulwerf grawe diefe Löcher,
was fer die Bauern is en Graus.

Was lebd un webd in de Nadur,
is so von Aafang doch gewolld.
De Mensch, der Schöpfung Krone, nur
mechd viel kabudd, was er net solld.

E bissi steiler wern die Weeche
de Sachsehäuser Berch enuff,
doch solle sich die Knoche reeche,
des kann mer net in seim Kabuff.

Un guggd mer jetz nach Frankford nunner,
es glänzd die Stadt im Sonneschei,
da fraach ich mich, ob's dann e Wunner,
will aaner net von Frankford sei.

Un ersd die Ebbelbäum hier drauße,
die setze Bliede aa – e Brachd!
Da freut sich net nor Sachsehause,
wann mer de Ebbelwei bedrachd.

Zur Gerber=mühle
©SCHWANDT

Ich kann mich gar net mehr besinne,
wann ich en Schobbe hab gepetzd.
Heut werd er dorch die Gorjel rinne,
drum suche mer e Werdschafd jetzt.

Noch stehn kaa Disch un Bänk im Freie,
doch sicher lang vor Pingsde noch.
Vor verzeh Daach dat's hier noch schneie,
in Homborch ja noch letzde Woch.

Was is inzwische ja en Druwel
un e Gewimmel an dem Maa,
gewiß net bloß en fromme Juwel,
doch freue dut sich groß un klaa.

Nach all de Woche, driewe, graue,
voll Mihsal un ganz ohne Nutz,
seh staunend ich viel junge Fraue
im schennsde Staad un Sonndaachsbutz.

Mei Herz, des dut vedächdich klobbe;
so war des ja schon lang net mehr!
Heut bleibt's gewiß net bei aam Schobbe,
da werd mehr als aan Becher leer.

»Du, Waachner, bisd heut eigelade!
Mir gehn hier in des Haus enei!
Von mir aus eß e Sticksche Brade –
ich nemm mer Worschd un Ebbelwei.

Was bringe all die Theorieje?
Aach Praxis, die geheerd dezu.
Vegewens bleiwe sonsd dei Mihje;
am End de Dumme bist dann du.

Bleib net in de Studierstubb sitze,
geh in die Weld, gugg der se aa.
Laß ruhich mal die Aache blitze,
kaa Fraa gibt's mit em Herz aus Staa.«

Was mir gefehld bis jetz im Lewe,
des is ganz aafach nor die Freud,
un die, die kann mer hier erlewe,
am Tisch mit aafach liewe Leud.

Aach Fremde, wo nach Frankford komme,
die Hänneler zur Frihjahrsmess,
die wern mit an de Disch genomme
un freue sich an unsre Späß.

Von dene heerd mer Neuischkeide,
was so bassiert drauß in de Weld.
Mir freue uns, wann mer beim Scheide
uns secht, daß es en hier gefällt.

Will Menschekenntnis mer studiern,
die lernd mer bald in Dribbdebach.
Un kaaner werd sich je blamiern,
gehd er dord seine Studie nach.

Da brauch mer sich net zu vestelle,
wo middenanner werd geredt.
Du guggst in Aache, ehrlich-helle,
geheersd dezu – warum aach net.

Grad wie de Schnawwel is gewachse,
redt frei mer von de Lewer weg,
doch duh net flunggern, mach kaa Faxe,
bleib liewer still in deiner Eck.

Sie hogge all so lieb un friedlich,
un ich fihl mich hier werglich frei,
hier isses aafach urgemiedlich.

Hier bin ich Mensch, hier derf ich's sei.

DIETER SCHNEIDER

Die Niwelunge

Hessisch erzählt

56 Seiten, gebunden, DM 19,80

Klassisch hessisch Hessisch klassisch

Klassiker in hessische Mundart übertragen

64 Seiten, gebunden, DM 19,80

DIETER ADAM

Verzähl mer was

Hessische Sache

Dieter Adam (Chef von **Adam & die Micky's**)

erzählt hier in seinem ersten Buch hessische Sache.

E Buch wie sei Musik: eifach herrlisch hessisch!

80 Seiten, gebunden, DM 24,00

RIA WAGNER MÜLLER

DES IS HALT SO

Neue vergnügliche und nachdenkliche Gedichte

der hessischen Mundartpoetin.

80 Seiten, gebunden, 22,00DM

RAINER WEISBECKER

Vor de groß Stadt

Zeitgenössische Gedichte in hessischer Mundart

GÜNTER HENRICH

Ei, wie? Ei, hessisch!

Das erste hessische Mundart-Cartoon-Buch

64 Seiten, DM 19,80